FRANZ FELIX ZÜSLI

Leiseton –
augenwut zornt spitz

FRANZ FELIX ZÜSLI

Leiseton –
augenwut zornt spitz

GEDICHTE

BUCHER

Bibliografische Information der Deutschen Nationalbibliothek:
Die Deutsche Nationalbibliothek verzeichnet diese Publikation
in der Deutschen Nationalbibliografie; detaillierte bibliografische
Daten sind im Internet über http://dnb.d-nb.de abrufbar.

1. Auflage 2015
© Franz Felix Züsli
BUCHER Verlag AG Vaduz

BUCHER Verlag
Hohenems – Wien – Vaduz
www.bucherverlag.com
Alle Rechte vorbehalten

Gestaltung und Satz: Dietmar Waibel
Gesetzt aus der Bembo
Druck: BUCHER Druck, Hohenems
Gedruckt auf FSC- und PEFC-zertifiziertes Papier

Printed in Austria

ISBN 978-3-99018-357-1

Für Beniamino

erwartung

Sehrosen

Der Weg führt ins Schilf
des Vergessens,
wo im Seerosenteich
Ersterben muschelt:

Blubber der Blasen
am Sumpfrand, Schwanken –
erinnerndes Vergehen;
Brackwasser bricht Blau.

Schilfrohrsänger – singst du noch?

Du

Einsam steht die Hoffnung
am Nordkap der Kälte:
Dein Herz, fühlloses Herz,
erfriert mein Weinen;
Eisblumenstarre.

Du lächelst, siegsicher:
Silberdistelstachel.
      Und –
      Meine Liebe?
Noch schwebt Hautduft;
Einsam sucht Hoffnung.

Erwartung

Sonne, wundersame Heilerin,
aller Augen Hoffnungsstrahl,
Trösterin aus Dunkelheit:

Horizontenweit Erwartung
auf Helle, meergrün blitzend
in Morgenröte, Lichtesmeer,
sanft, doch kraftvoll auferstehend:
Sonnenlicht − flutende Liebe!

Farben

Milder Hauch lockt Hellgrünzitter
aus Ackerbraun: Frühlingsatem!
Weißrosa Blühen und Blausanft.
Lächeln: Lebensduft, Bienensumm.

Sommerhitze presst Gelb, Korngelb
über Felder weit; Mohnrot ahnt
deine Liebe: Morgentau, Lebensglanz.

Herbst sonnt rotgelb Busch und Blatt
still wesend; raschelt durch Wälder;
nebelt, nässt erstes Winterweiß.
Tod: Allerseelen Werdetor − !

Sonnenaufgang

Ein Kind ist gezeugt
in dunkeltrunkner Nacht;
von Lust gepresst, Wärme,
deine, Duft nackter Haut:

Den Verstand verloren,
Lochsieb der Vernunft –
Sinken in Zärtlichkeit,
eingehüllt in Zwang

dem Drang zu gehorchen,
der Schicksal wird
für stumm Werdendes.

Verwerfen die Frucht?
Vulkandonner, Knall;
wild ihr Schrei, Weinen:

Es soll reifen
Liebe ergreifen
Gemeinsam leben

Ein Kind wird geboren.

jetzt

im gebären
geboren
aus wasser
in licht luft
erster schrei
und jetzt –
atemzug
letzter

Intervall

Mir war als wäre
der Sonne Tanz
Glanz gewobner
Erinnerungen
aus unbekannter
Ferne gesungen
sanft von Wesen
körperloser Farben
Melodien schwebend
eigner Arten zarten
des Nicht-Verstehns
im Weben an Schläfen
Schlaf nicht noch Traum
Raum des Dazwischen

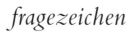

fragezeichen

worte

wenn ein wort welt wird
weitet sich dann die welt
um werte aus dem kosmos

unsere freiheit befruchtend
durch unsere willenskeime
woraus sprachbilder wachsen
lippenweit worte erblitzen

Dogmendom

Dogmensturz
zwittert Seelennot
Vieler –

Gewitter den Einen:
Sicherheit verloren;
den Andern Hellestrahl:
Gewonnene Freiheit.

Und der Sterne Schrift –
Wovon sie uns spricht?
Liebe und Licht.

Fragezeichen

Erinnern
Verzeihen
Vergessen

     Punkt

Vergessen
eitert Fetzen
Erinnerungsfetzen

     Doppelpunkt

Erlöst
Erinnern
Verzeihen

Sinken

Im Schwanken sinken,
trinken den letzten
Schluck stürzender Zeit:

Es bricht ein helles Licht.

Sie fragt: Wer ist –
der am Boden liegt?
Sicht verhüllter Zeit.

Perlen

Kinderlachen –

Freudegeburt
in meinem Herzen:

Kollernde Perlen
zukünftiger Zeit.

Kinderlachen!

Ruf

Ein Herbstblatt geküsst,
gebrochen, nässenass,
Herbstnebellicht:

Spüren –
Bin ich dies Blatt,
dürre Hülle;
berührt vom Schicksal

in Not, in Licht?
Ein Ruf mahnt leise:
Schweigend erkenne dich!

Wird

Es ist wie es sein wird
Schmerz und Liebestriebe
Ein kleines Lächeln

Ewiges
Über uns in uns
Und Frühling vor Herbst
Es ist wie es sein wird

Doch ich will leben
Streben nach Wahrheit
Wird sein wie es nie war

Schliersee

Ein Zugvogelschwarm dreht südwärts,
biegt im Rund flatternd zurück;
Flatterflügler segeln sinkend,
schwalben über Wasserwellen
zur Mückenjagd, Herbstlicht:
Aufsteigt der Schwarm – südwärts.

Es

Es war einmal
das Wiederanders;
Wolfspelz, Liebeshauch:

Sein war immer Sein.

Nachtsonne vielleicht,
wenn die Seele fliegt;
Urschrei des Stiers –

Sein ist immer Sein.

Das Wiederanders
wieder einmal:
Sein wird ewig Sein.

traumblüte

Glimmern

Fliehendes Vergessen
Rinnsal Erinnerung
Versummendes im Wo
Tropfsteinhöhle Ahnung

Vergessen –

Staubsack voll Spinnen
Netze webend zerreißen
am Vorhang Vergessen
Spinnrad todendes

Erglimmern

Den Vorhang Vergessen
tastend fein erspüren
im Bildkeller Schwärze

Erinnerung glimmert
aus Dunkel zu Funken
Erste Blüten im Schnee

Traumblüte

Wo immer ich bin

Horizont

Pulsschlag dahinter
Sehnsuchtswärme

Horizont

Traumblüte Meerstern
Grellspur Wahnsinn
Angstvoll das Auge

Horizont

Grenzenlose Sicht
In deiner Liebe
Licht in unser Wir
Wille webend

Horizontenweit

Summen

Ich fliege zum Leben
hinaus wie eine Biene
nach Duft, versinkend
in Erde, Wasser;
mein Haus verfault,
nur Knochen erzählen
vom Leben, das war:

Fliegt meine Seele
zum ziehenden Duft,
dem Hauch, woraus sie
entstanden vor ewig?

Oder versinkt jenes
Summen der Jahre,
die mich getragen
ohne jedes Echo?

Federchen

Im Wind ein Federchen wirbelt,
schaukelt im Dreh, wiegend erdwärts,
hellt durch Licht, im Winde zitternd:

Fast atemlos hebt er das Federchen
hoch, ehe die Erde es empfängt:
Taubengruß im Morgenglanz.

Kein

Wandeln im Paradies:
Glücksgefühl – ewig.
Doch kein Bewußtsein,
Freiheit zu leben.

Klettern auf den Baum,
Baum der Erkenntnis?
Gejagt aus dem Garten:
Der Tod pflückt Leiber.

Das Tor – und doch.

Eli

Es rumpelt die Erde,
es schwankt der Schrank;
von der Wand splittern
Spiegel, Scherben
am Boden. Dort drüben
im Friedhof Grabsteine

schrägen; dies Brüllen
der Kühe: Weshalb
Alarmgetümmel, schrill…
Spaltet der Kirchturm?
Der Hahn stürzt herab:
«Elisabetta – wo, wo?»

Dies Ächzen und
Stöhnen im Haus,
Riss in der Mauer;
Hand vor die Augen:

Es kracht, knistert, schwankt.
«Elisabeth, Eli – wo?
Wo bist Du, hinaus!»
– Erdbeben

Wirklichsein

Jenseits im Diesseits
blüht eine Rose
so still und ewig
wie ein sanfter Hauch

      Voller Wärme
      durch
      Frühling Winter

ein tiefwahrer Traum
erfüllt Wirklichsein

      in Dornen
      Blüten
      und Licht

leise vergehen
auferstehen
singen als Dank
Sphärenharmonie

Melodien

Es stirbt sich leise
ins Alter hinein –
Fruchtfülle; Blattzitter,
abscheidend Röte.
Wärme wacht Abschied:

Unerlöste Töne
reigen sich ein
in Ewigmelodien.

Märchen

Wenn Blumen aus den Märchen blühn
mit Stacheln groß und stark,
woraus Wahrheiten wachsen
wie fruchtend Blütensamen,
dann klingt Erinnerung mit
herauf aus Sturm und Samtweich.

Erzählen
aus viel frühern Tagen
küßt wärmend Sehnsucht wach:

Ein Märchen,
das lebt und Leben ist,
Schatztruhe voll Herzwärme:

Mundbuch.

möwenschrei

Leuchtewesen

Sonne trinken, herzerwärmend,
Du, auch geistig Leuchtewesen,
wellend Wärme, Strahlenlicht;
dankbar ruf' ich, sonnerhellt:

Dein Geschenk
Leben kraftvoll trägt!

Atem

Ein Atem flügelt
über Leben weit
als wären Stunden
nur Reisezeit zum Tod

Doch Atem holen
welch ein Geschenk
Wirkezeit im Hier

Werdedrang

Blättern Knospen langsam auf,
blüht bald eine Rose hell;
Licht umstrahlt den neuen Tag:

Einer Frau Liebesruf schwingt mit,
dankt freudig dem Werdedrang:
Hüllende Hände wärmen leis'
ein Neugeborenes liebevoll.

Erschrecken

Handflächen, meine, vor dem Gesicht,
o, wärmende Hülle, Helle kaum,
doch Röte durch Fingerspalten:
Leuchtet draußen eine Rose?
Leben liebt Atemholen –

während der Fingerbeeren
feiner Pulsschlag auf der Haut
erzählt vom heutigen Tag:
Was sich hinter der Stirne denkt?
Wie gedacht? Schreck, Erschrecken!

Weg, Handflächen, weg vom Gesicht:

Atem, Luft , Licht!

idee

mein kleiner finger
trägt die welt kaum.
wirkt aber nicht oft
eine idee weltweit?
stürzt manchen
in abgründe, verzweiflung,

verhilft andern
dank starkem willen
und wärmender liebe
zu hilfreicher tat:

ruft der kleine finger
wundersam ideen,
dann
blüht ein rosenhag
voll starker dornen
und samenwunderkraft.

denkturm

wenn irrlicht wahrheit
verzittert im irrtum:
strahlt nicht trotzdem licht
vom denkturm selbstkraft?

weist richtung und weg –
zielvoll treibt ein segel
auf eignem fragemeer.

Augenherz

Wieder gehe ich,
um zu kommen –

      quellwasserstrahl
      aus trockenerde
      samtweicher nacht

Sternstrahlender Glanz blinkt
aus deinem Augenherz:
Meine Liebe sehnt dich!

      lichtblume augenstern
      liebeklar winkt.

für Verena
Leipzig, 11. August 2014

Entscheide

Gebar Göttliches
Wider-Göttliches
in unsere Freiheit,

um der Erkenntnis willen
zwischen Hell und Dunkel
im Erden-Dasein:

Entscheide zu treffen
in erkämpfter Freiheit
der Gottähnlichkeit?

Möwenschrei

Das Meer:
Mein Freund?

Quallenqual, der Hai;
Wasserwut – deine
ertränkende Kraft.

Doch deine Weite, Meer:
Dieser strahlende Blick
spiegelnder Horizontenlust.
Weht Wind – dein Geruch.

Mein Freund,
das Meer!

Urmutterhauch Morgenwind
entfaltet aus tiefem Grund
Wärmestoß, Weltenblüte;

Weltenweben weckt Leben:
Eine Muschel – sich bücken,
Barfußspur im Sand.
Und jenes ziehende Schiff …

leiseton

Leiseton

Herbstlichtleuchte:

Dunst, Weiß, Schleier
übervoller Helle
wärmelosem Schein –
Aufglanz in Aug' und All;

zitterndes Lichtern
überweiter Räume
wärmender Sehnsucht;
das Ich erwacht – Leiseton:

Herzlichtleuchte!

Wurzelstark

Robinie! Morgenfrühe,
Silhouettenahnen:
Deine Kaumkrone
feinastig verzweigt,
Kelchform nach oben;

abgeblättert jetzt:
Herbststurmstoß.
Dein Stämmchen nass,
kein Rindenglanz;
Horizontendämmer.

Robinie,
wurzelstark:
Du lebst!

Selbst

Wie mich selbst
soll ich euch lieben!
Ihr Anderen, euch:

Blick' ich in den Spiegel,
so spuck' ich ans Glas.
Wie den Nächsten lieben?

Und doch: Diese Sehnsucht.
Dich lieben, du Nächster,
lieben wie mich selbst!

Weißheit

Nun lebt die Welt wie tot,
ins Abseits hingestellt:
Weißheit winterweit
eisfingrig Starre kältend –

in Erdentiefen aber pulst
und pocht Frühlingsklopfen:
Schmilzt Schnee, Eis bricht;
noch frierend atmet Wärme.

es ist

aus dem sprachruf ausgestoßen
was wollen sie denn im hier
lange weile ist nicht das ziel
tempo tief ins heute gießen
fließen im medientrog gefragt

zeitgeist spricht nicht aus ihnen
es war – spiegel bald polieren
türen straßenseits knallen zu

eine fülle fragen
wie klopft zeitgeist was bleibt ewig
dunkel wille stoß ins schweigen
zurückgestoßen auf das selbst
suchen still das eigne ich – es ist

Suchend finden

Wenn mein Leib Leiche wird:
Wird mein Geist finden den Weg
aus der Erdenwirklichkeit;
meine Seele den Flug suchen
zum Ursprung, wo Schicksal wartet
und Wiederkehr wächst – ?

Ahnen

Weset zwischen Himmel und Erde
nicht vieles, was hütend leitet
der Elemente, des Leibes Kraft:
Den Wechsel der Jahreszeiten
und des Lebens Atem?

Was dies aber sei;
wie es geschehe,
dass aus Samen Bäume werden,
aus Blüten Früchte wachsen:
Wer weiß dies schon genau?

Doch, dass dem so ist,
und Sonnenlicht uns freut:
Ahnen wir nicht alle dies?

Bilder

Dies eilig Kommen; dies Gehen –
geboren, ehe er starb.
Eilig Gehen im Ahnen:
Sterben im Einsam allein,

irgendwo den Atem verlieren.
Es war, kaum angekommen,
als erklänge der Nachruf schon;
Bilder, verschwommen, alle:

Guten Tag? Wie geht's?
Es war.

Windwiege

Wild wogen im Winde
Erinnerungen – damals:
Es wehen im Zeitenweben
Bilder, zittern hell vorüber,
als wäre heute gestern;
wiegen wie im Mutterarm.

Wägen, wie es war, damals:
War es, wie die Bilder leuchten?
Im Winde verfliegen wiegend
Erinnerungen: Windwaage.

zweifler

Flüstern

Es spricht so leise
wie nicht. Die Zunge
schweigt: Woher dies
Raunen? Die Lippe
nicht, noch das Ohr;

aber: Es spricht –
Summendes Flüstern,
die Schädeldecke nicht;
doch ein heller Punkt,
hell wie Licht: Es spricht.

Zeuge

Gebrannter Krug
Antiker Zeuge
Erstorbner Hand

Stumme Sprache
Ungefüllter Leere

Tonloser Ton
sprechender Krug
Zeichen der Zeit

still

singt mein schmerz dann leise
kein kranker verliebt sich in schreien
auf zehenspitzen schleichen –
gib acht die erde stöhnt
soviele tritte schmerzen

in ohrmuscheln höhlt
still verstummender sinn
jeder sang zu laut und
schiffbrüchige wahrheit

zerschellt am leuchtturm
des lebens wo leise singend
flügel verflogener sehnsucht
suchend fragen nach dem sinn
still schreien erschreckt kranke

Herbstlicht

Herbstblattröte:
Jetzt an Knospen denken,
sich versenken in den Tod?

Blattfall –

schenken Farben Freude,
Dürrblätter Rauhgefühl?

Herbstlicht:

durch Dunst Keimfunken glühen,
Frühlingserwarten lockt.

Irgendwoher

Es lebt im Werden
eine Lust, die zwingt:
Leise weht ein Wind
von Irgendwoher;
warm umarmt er Haut,
die lauschend liebt
und windtrunken träumt:

    fliegen –
fliegen wie der Wind!

Oh

Einem Ei
wurde es Einerlei.
Es ging auf Wanderschaft
aus Dotterkraft,
zog durch die Welt,
hat überall sich hingestellt:

Mein Name ist Einerlei;
Ich bin ein Wunder-Ei.
Mein Küken in mir,
trägt mich bis hier.

Die Tatze einer Katze, oh!
Armes Ei – ei, ei, ei –
ausgelaufen –
　　aus –
　　　　ge –

Finden

Meine Blume –
deinen Namen suche ich!

Versunken
ist dein Name ins Vergessen:
Auf meine Stirne
will leuchtend ich ihn schreiben;
neu bewahren in meiner Zunge.

Blume:
Finden Augen ein Bild von dir?
Wie grünst, blühst du
im Sonnenlicht?

«Gross, in Würde, gleichsam königlich.»

Oh, Königskerze!

Gefunden deinen Namen:
dein Name ist dein Kleid.

Zweifler

Der Judasbaum
verschattet durch alle Zeiten
meinen Namen: «Judas!»

Thomas aber, Du, Zweifler
steigst auf, berührend anerkannt,
in den Baum des Lebens.

Ich, Judas, verzweifle,
weil der Messias
nicht König, weltlicher,
von Israel sein will:
zu befreien uns
vom Joch der Römer!

Thomas doch, Du, zweifelst
an der Auferstehung
des Christus nach seiner
Grablegung: «Thomas!» Du
verlangst den Tatbeweis, als
wäre der Messias ein Lügner!

Ich, Judas, verzweifle auch:
Die dreißig Silberlinge…,
mein verräterischer Kuss.

Messias: Weshalb hast Du
meinen Kuss nicht verwehrt?
Vorangezeigt war der Verrat.

Thomas aber als Bekehrten,
er ist aufgenommen
in den Baum des Lebens.
Weshalb wolltest Du mich
nicht retten? Judas weint
bitterlich unter dem Baum.

lösen

Licht

Wer sind wir

       die da gehen
       auf der Erde

       die vergehen
       in die Erde

Wer sind wir

       die sich lösen
       aus den Erden

       ins All
       wärmender Kraft

Wer bin ich

Frühe

Es fiedert Morgenahnen
sich unter die Flügel weit
der Morgenröte; lichtet
das Dämmerkleid der Nacht
heller, zum Flug bereit:

Lichtpfeile viridian, rotgelb,
durchblitzen leis der Himmelswölbe
horizontenweiten Hellekranz;
Dämmer flieht den Strahlenkreis:
Aufsteigt ein neuer Tag!

Du – Ich

Ein Tropfen Gottnähe
im Zeitenmeer der Schöpfung

     Bin ich dies

Starre Welt liebelos
Totlicht Leermondglanz

     Bin ich das

Ein Tropfen Ewiglicht
im Liebesmeer Du – Ich

     Wir

Jahreshauch

Tot liegt ein Vogel
Erfrieren im Dasein
Herzempfinden erwacht

Bienen im Blütenkelch
Blick' auf mein Ich
Johannifeuer lodern

Gebrüll des Himmelslöwen
Mohnrot und Mückentanz
Sternklar die Nacht

Zur Helle sinnen
Zugvogelschwärme flügeln
sehnend der Wärme nach

Irrend durch Wirrnis
zum Selbst-Licht

Lösen

Das Garn der Sehnsucht knüpft Erwarten,
gewoben aus lockendem Duft, sucht
Haut der Erlösung, die – verdorrt.
Sehnsucht webt leise in sich Stille
aus Abendschein und Sternenglanz,
Dunkelmeer. Langsam sinkt Sehnsucht
auf den Grund: Sich lösen von der Zeit.

Babylons Steinbrech

Es ward ein Turm so hoch wie die Welt,
der hat in Allmitte sich hingestellt;
wirft Schatten, Weltendunkel weit.
Der Turm, er sagt: Niemand in dieser Zeit
ist so hoch, so breit; groß wie ich –

bis ein kleiner Wurm ins Gemäuer schlich,
mit der Erde lacht, die bebte sacht.
Vom Turme sieht man heut' nichts mehr
ausser Trümmerstein, worauf Steinbrech klein
zur Sonne blüht, die über Trümmern glüht.

Keine Moral von der Geschicht:
Das Ganze grünt als ein Gedicht.

Stein

Schwebender Duft, Lilienduft,
lockt Erinnern ins Bild:
Deine Hand, sanft streichelnd,
diese Wärme! Leises Summen
gemeinsam auf jenem Stein,
Augenlichter leuchten wie ewig.

Und jetzt: auf einem Stein dein Name;
langsam rieselt Friedhoferde,
rieselt aus meiner Hand –.
Noch immer duftet der Sommer.

Lebenswille

Es summt der Sommer bienenstark,
blitzgrell Donner schluckt den Summ.
Es brummt der Tod; am Wegkreuz
wartend, bis Zeitenruf erklingt;
Lebenswille aber singt, singt.

Dank

Samtnachtdunkel schenkt Funkelsterne
leuchtestark am Leermondhimmel:
Schauen und Staunen! Ruhiger Blick
sinntiefend in Höhen – Was freut sich?
Nachtdunkelweites Schweigeahnen.
Ferne, unendlich; lesbar nahe
erwärmt Dank und stilles Staunen.

augenwut zornt spitz

bitte

gesagt ist gesagt sagt sie
   augenwut zornt spitz
  mein kinn sinkt
   brust
  beißen auf lippe

gesagt ist gesagt
    scham rötet scham
   mich schweigt ihr blick

nicht sagt sie
    nichts
   mein auge bittet
  zuschlägt die tür

.

W   W

                         wagen
                         wir
                         weitere
                         worte
                         wenn
                         wille
                         wut
                         wird

W   W

Sinnwahn

Abendhimmel – blutrot,
rauchgrau, Feuerglut:
Fürchterliche Farbe!
Sonnenabschied blutet.

Was will dies Rot uns deuten –
Krieg, Erdbeben, Tod?
Will der Himmel mit uns sprechen,
schweigend brandrot prägen,
was Zukunft uns beschlossen?

«Krieg», gellt eine Stimme,
der Sinne Wahnsinn –
während langsam verrötet
des Himmels Drohkulisse
von Feuerglut in Abendglühn.

Aderlass

Wölfe heulen laut
mir graut vor Wolfszahn
Aderlass zum Grab
Licht meine Sehnsucht

Wolfszahn scheut Licht
heult gegen den Mond
Wölfe heulen laut

Krähe krähe nicht
du Braut der Angst
Angst betet laut
wovor denn Angst

Eifersucht

Es wirbelt der Wirbel
rasender Bilder
durchs Schmerzhirn
Blitze ohne Zahl;

Augenwutsterne kreisen
gelbrot vor Eifersucht,
knebeln Vernunft, Verstand;
Geifer giftet tropfend,
tötet Liebeskraft:
Eifersucht tobt Augenwut.

Schlüsselklirr

Es zittert nach Leben:
Fremdaugenlächeln
weckt zum Feuertanze
glühender Lust –

Beim Schlüsselgeklirre
spöttisch dein Glitzerblick,
meine Hand zittergestreckt:
Lust, gespalten, Scham.

Lodernd zucken weckend
Feuerräder der Treue
brennender Wärme:
Erinnerungsruf «Du» –

Du!

Schlüsselklirr weit weg.

Namen

Die Sterne sie funkeln
Ein Vogel schreit Eulenruf
Dort verblutet ein Mensch
Der Mond scheint helle
Jetzt stirbt jener Mensch
Unbekannt sein Name

Granatenschlag wummert
grässlich – dies Schlachtfeld
Es funkeln die Sterne
Sterben werden noch viele
Niemand kennt alle Namen
Einer aber gilt allen

– Der Mensch –

Inhaltsverzeichnis

Erwartung

7   Sehrosen

8   Du

9   Erwartung

10   Farben

11   Sonnenaufgang

12   Jetzt

13   Intervall

Fragezeichen

15   Worte

16   Dogmendom

17   Fragezeichen

18   Sinken

19   Perlen

20   Ruf

21   Wird

22   Schliersee

23   Es

Traumblüte

25   Glimmern

26   Traumblüte

27   Summen

28   Federchen

29   Kein

30   Eli

31   Wirklichsein

32   Melodien

33   Märchen

Möwenschrei

35   Leuchtewesen

36   Atem

37   Werdedrang

38   Erschrecken

39   Idee

40   Denkturm

41   Augenherz

42   Entscheide

43   Möwenschrei

Leiseton

45   Leiseton

46   Wurzelstark

47   Selbst

48   Weißheit

49   Es ist

50   Suchend finden

51   Ahnen

52   Bilder

53   Windwiege

Zweifler

55   Flüstern

56   Zeuge

57   Still

58   Herbstlicht

59   Irgendwoher

60   Oh

61   Finden

62   Zweifler

Lösen

65   Licht

66   Frühe

67   Du-Ich

68   Jahreshauch

69   Lösen

70   Babylons Steinbrech

71   Stein

72   Lebenswille

73   Dank

Augenwut zornt spitz

75   Bitte

76   W

77   Sinnwahn

78   Aderlass

79   Eifersucht

80   Schlüsselklirr

81   Namen

Nachwort

Franz Felix Züsli gehört zu jener kleinen Schar von Literaten, deren Stimme nicht verstummt, trotz einer zunehmend schwierigen Marktsituation für das analoge Buch im Allgemeinen und das lyrische im Besonderen – und trotz einer global digitalisierten und medialisierten Welt, die heute Platz zu greifen vermag in den intimsten Bereichen des menschlichen Daseins.

Unbeirrt und wohlwissend um die realen Belange, erschafft der Autor seine Gedichte, die Reife und Lebenserfahrung atmen und offene Sinne einerseits für das Konkrete, das allzu Alltägliche, vor allem aber für das Feinstoffliche des Lebens spürbar machen.

Dem Auf-und-Ab des menschlichen Daseins begegnet Franz Felix Züsli immer wieder mit sensiblen Naturbeobachtungen, die sich zu stimmungsvollen, farbigen Wortgemälden fügen und die selbst im Angesicht der Endlichkeit Trost und Aussicht bieten, auch wenn sich bisweilen auf lebendig-natürliche Weise Zorn und das Hadern mit dem Unausweichlichen in die Zeilen einschleichen.

Es ist eine Freude, dass dieses Buch erscheinen darf, was ohne unterstützende Hände nicht möglich wäre. Auf diese Weise werden die dem Lyrischen verbundenen Leser dem authentischen Ton und dem manchmal eigenwilligen, aber feinsinnig musikalischen Rhythmus der Gedichte von Franz Felix Züsli einmal mehr ihren individuellen Nachklang ablauschen können.

Cornelia Wieczorek

Der Autor und der BUCHER Verlag danken allen, welche den Druck finanziell unterstützt haben.